Und dräut der Winter noch so sehr
mit trotzigen Gebärden,
und streut er Eis und Schnee umher,
es muß doch Frühling werden.

Emanuel Geibel

Lieber! Was wäre das Leben ohne Hoffnung? Ein Funke, der aus der Kohle springt und verlischt, und wie man bei trüber Jahreszeit einen Windstoß hört, der einen Augenblick saust und dann verhallt, so wär es mit uns?

Friedrich Hölderlin

Schöner Frühling, komm doch wieder,
lieber Frühling, komm doch bald!
bring uns Blumen, Laub und Lieder,
schmücke wieder Feld und Wald!

Hoffmann von Fallersleben

Wohl blühet jedem Jahre
sein Frühling mild und licht,
auch jener große, klare –
getrost! er fehlt dir nicht;
er ist dir noch beschieden
zum Ziele deiner Bahn,
du ahnest ihn hienieden,
und droben bricht er an.

Ludwig Uhland

Sieh, voll Hoffnung vertraust du der Erde
den goldenen Samen,
und erwartest im Lenz fröhlich die keimende Saat,
nur in die Furche der Zeit bedenkst du dich,
Samen zu streuen,
der, von der Weisheit gesäet, still für die Ewigkeit blüht.

Friedrich v. Schiller

Wer strebt und schafft,
bleibt jung an Kraft.
Frisch vorwärts drum
und kehr nicht um.

Nur vorwärts! Sehnen, suchen, streben!
Es gilt kein ander Gottgebot;
aus künft'gen Zielen sprüht dir Leben,
doch im Vergangnen wohnt der Tod. *Victor Blüthgen*

Hoffnung ist schnell und fliegt auf Schwalbenschwingen.
William Shakespeare

An nichts verzweifeln! – Alles ist möglich; nichts ist ohne Hoffnung.

180

Die Welt mit ihrem Gram und Glücke
will ich, ein Pilger, froh bereit
betreten nur wie eine Brücke
zu dir, Herr, über'n Strom der Zeit. *Joseph v. Eichendorff*

Zwischen dem Elend und dem Glücke gähnt eine tiefe Kluft. Die Hoffnung schlägt darüber die Brücke; aber sie hängt in der Luft. *Heinrich Leuthold*

Ein vernünftiger Mensch wird einer Hoffnung, die ins Wasser fiel, nie nachspringen. *Lebensweisheit*

Was wäre das Leben ohne Hoffnung!
Friedrich Hölderlin (Hyperion)

Wenn schon die Schöpfung in Gottes Hand ruht, wieviel mehr darf der Mensch wissen, daß er als die Krönung der Schöpfung von Gottes Hand gehalten ist.

Gerhard Bergmann

Was die innere Stimme spricht,
das täuscht die hoffende Seele nicht.

Friedrich v. Schiller (Die Hoffnung)

Geben und nehmen kann uns das Glück,
was wir hoffen und lieben;
aber die Hoffnung beherrscht
so wie die Liebe das Glück.

Solange ich atme, hoffe ich. *Lateinischer Spruch*

Neu zu lernen,
täglich neu,
daß die Hoffnung kein Gut ist,
keine festgefügte Habe,
aufbewahrt wohl,
dort wo keiner hinlangt.
Aber ein zartes Gebilde,
ein Samen, der keimt zu Geduld.
Neu zu lernen,
daß die Hoffnung erhofft sein will.

Otto Bruder

O zarte Sehnsucht, süßes Hoffen!
Der ersten Liebe goldne Zeit!
Das Auge sieht den Himmel offen,
es schwelgt das Herz in Seligkeit,
oh, daß sie ewig grünen bliebe,
die schöne Zeit der jungen Liebe.

Friedrich v. Schiller (Das Lied von der Glocke)

Nur einer, der ist ewig
und an allen Enden,
und wir in seinen Händen. *Matthias Claudius*

Gottes Hände halten die weite Welt,
Gottes Hände tragen das Sternenzelt,
Gottes Hände führen das kleinste Kind,
Gottes Hände über dem Schicksal sind.

Gottes Hände sind meine Zuversicht,
aus allem Dunkel führen sie doch zum Licht.
Im Frieden geborgen, vom Kampf umtost,
in deinen Händen, Herr, bin ich getrost. *Hugo Specht*

Von guten Mächten wunderbar geborgen,
erwarten wir getrost, was kommen mag.
Gott ist mit uns am Abend und am Morgen
und ganz gewiß an jedem neuen Tag. *Dietrich Bonhoeffer*

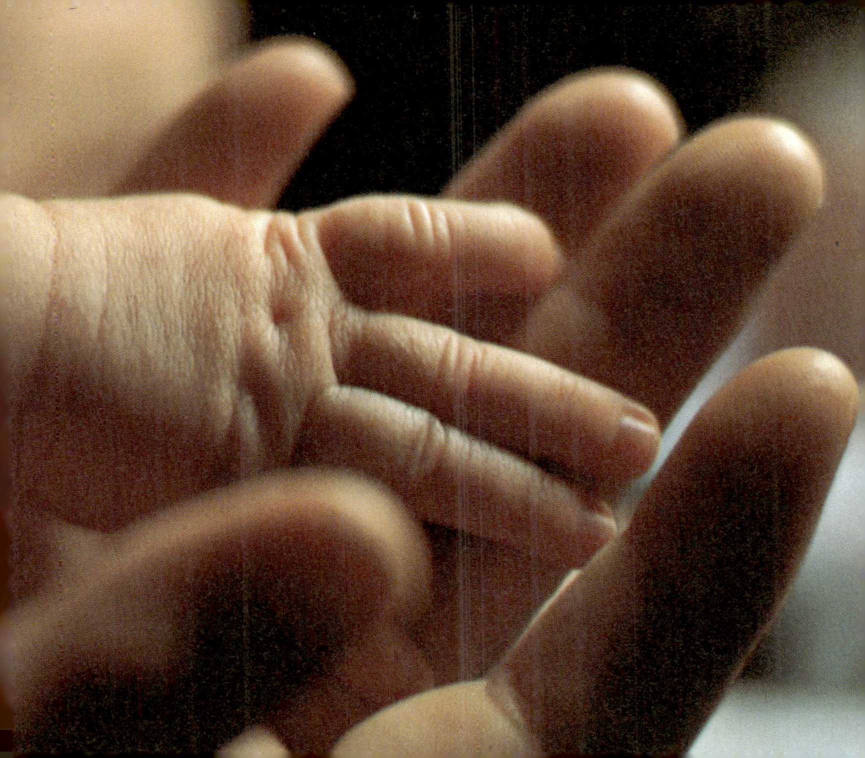

Wir hoffen immer, und in allen Dingen ist besser hoffen als verzweifeln. *Johann Wolfgang v. Goethe (Tasso)*

Liegt dir gestern klar und offen,
wirkst du heute kräftig frei,
kannst du auf ein Morgen hoffen,
das nicht minder glücklich sei.
Johann Wolfgang v. Goethe (Zahme Xenien)

Schlägt dir die Hoffnung fehl,
nie fehle dir das Hoffen!
Ein Tor ist zugetan,
doch tausend sind noch offen. *Friedrich Rückert*